La nuit du renard

FichesdeLecture.com

La nuit du renard
(Fiche de lecture)

I. INTRODUCTION

La Nuit du renard, « A Stranger is Watching » est un roman policier écrit par l'Américaine Mary Higgins Clark, traduit en français par Anne Damour et paru en 1977. Le récit se déroule majoritairement à New York. Il s'agit de l'enlèvement de Sharon Martin et de Neil Peterson. Il y a en parallèle l'exécution de Ronald Thompson, un jeune homme de 19 ans accusé du meurtre de Nina Peterson, la femme de Steve et la mère de Neil. A son habitude, l'auteur a peuplé le livre de rebondissements, de péripéties et bien sûr le suspens est présent jusqu'à la dernière minute. Beaucoup le considèrent comme l'un de ses meilleurs livres.

Ce livre a reçu le Grand Prix de la Littérature Policière en 1980.

II. RÉSUMÉ DU ROMAN

Nous sommes dans la ville de Carley dans le Connecticut, un garagiste, Renard se sert de son métier pour tuer des femmes qui ont des problèmes sur la route. Il en a déjà tué cinq. Il apprend que Steve Peterson, dont il a tué la femme deux ans auparavant, a touché beaucoup d'argent suite à la mort de sa femme qui avait elle-même hérité de sa grand-mère.

Le tueur projette alors d'enlever le petit garçon et la nouvelle compagne de Steve pour demander une rançon. Au même moment on apprend que Ronald Thompson, le prétendu meurtrier de Nina, vient d'être jugé et à seulement 19 ans, a été condamné à mort sur la chaise électrique. Tous les témoignages, notamment celui de Neil, le petit garçon de Nina et Steve, qui était présent lors de l'assassinat de sa mère et qui en garde une vision épouvantée et a depuis des crises d'asthme, accablent Ronald Thompson, mais il ne cesse de clamer son innocence.

Steve est un ardent défenseur de la peine de mort. Les discussions s'enflamment, Steve et Sharon, deux journalistes prennent parti. Steve souhaite évidemment que le meurtrier de sa femme soit puni. Tandis que Sharon est opposée à la peine de mort. Mais derrière les caméras, Steve et Sharon sont amoureux l'un de l'autre.

Nous sommes à la veille de l'exécution, Sharon doit rejoindre Steve chez lui. Il y aura également Neil. Même si le petit garçon a encore du mal à l'accepter, Sharon fait tout ce qu'elle peut. Steve a d'ailleurs bien l'intention de la demander en mariage.

Sharon et le petit Neil sont kidnappés par un déséquilibré, qui signe Renard les messages qu'il lance par téléphone pour réclamer une rançon. Un aveugle découvre dans une cassette que Renard a laissée que Sharon et Neil se trouvent dans une gare. Et si l'enlèvement du petit Neil et le meurtre de sa mère il y a deux ans avaient un rapport ? La vie du jeune condamné à mort en dépend...

Il séquestre ses prisonniers, ligotés et bâillonnés, dans une pièce souterraine au cœur de la gare centrale de New York. Il place près d'eux une bombe, qui explosera à l'heure même où Thompson sera exécuté.

Steve et le FBI arriveront-ils à temps avant que la bombe n'explose ? Ronald Thompson va-t-il échapper à la chaise électrique ? Va-t-on arrêter le vrai coupable ?

Steve reconnaît la bague de sa défunte femme Nina que ses amis les Lufts ont retrouvée dans leur voiture après l'avoir déposée chez le garagiste. Steve et l'agent du FBI découvrent que Renard est Arty Taggert. Ce dernier vient de placer une bombe dans la gare où il a placé Sharon et Neil. La police vient justement fouiller dans cette gare pour essayer de trouver la bombe.

Renard y retourne pour la désamorcer, mais la police a retrouvé Sharon et Neil avant lui et quand Arty arrive, il se rend compte qu'il est trop tard et se suicide. Steve retrouve Neil et Sharon. Le jeune Ronald est gracié.

III. PRÉSENTATION DES PERSONNAGES

August Rommel Taggert, Arty

C'est un meurtrier en série, il se sert de son métier de garagiste pour tuer des femmes qui rencontrent des problèmes sur la route, il en a déjà tué cinq à intervalles plus ou moins réguliers : Nina Peterson, Mme Weiss, Jean Carfolli, Mme Ambrose et Barbara Callahan.

Il n'aime pas le sang et étrangle ses victimes avec leur écharpe ou ceinture. Il est certain que les femmes le désirent alors dès qu'elles le repoussent, il devient violent. Il entend parler de la somme dont Nina avait hérité peu avant sa mort et décide de kidnapper le fils et la petite amie de Steve Peterson pour lui demander une rançon.

Il a un garage à Carley, rue Monroe, à 2 km environ du bar du Mill Tavern.

Steve Peterson

Il a 32 ans et est veuf depuis deux. Il est le rédacteur en chef du magazine *L'Événement* avant il travaillait dans *time*. Sa mère est morte lorsqu'il avait trois ans et il a rencontré Nina pendant ses études à Princeton. Il est en faveur de la peine capitale : « *Parce qu'il savait comment vivent les gens âgés et pauvres, combien ils sont démunis. Parce qu'il était malade à l'idée que l'un d'eux puisse être assassiné sauvagement par des gangsters.* » Il s'occupe désormais seul de leur fils, Neil. Il est tombé amoureux de Sharon Martin qu'il a rencontrée lors du procès du meurtre de sa femme. Physiquement il a des cheveux cendrés, parsemés de fils gris, des yeux d'un bleu hivernal. Il habite à Driftwood Lane.

Sharon Martin

C'est également une journaliste, belle femme aux cheveux couleur de miel. Elle est également l'auteur du célèbre roman « *le crime de la peine capitale* » militant contre la peine de mort. Elle tombe amoureuse de Steve dont elle combat les idées.

Neil Peterson

C'est le fils de Steve et Nina. Il a vu sa mère mourir à 12 ans et a depuis des crises d'asthme. Témoin terrorisé, le petit Neil a affirmé, au cours du procès reconnaître Ronald Thompson comme le meurtrier de sa mère. Il se rappelle plus tard en revoyant Renard qu'il est le véritable meurtrier de sa mère.

IV. AXES DE LECTURE

L'écriture de Mary Higgins Clark

Le roman policier est un genre de roman, dont la trame est constituée sur l'attention d'un fait ou plus précisément d'une intrigue, et une recherche méthodique faite de preuve, le plus souvent par une enquête policière.

Ce genre comporte six invariants : le crime ou délit, le mobile, le coupable, la victime, le mode opératoire et l'enquête.

Le style de Mary Higgins Clark est particulier, elle manie habilement le suspense. Utilisant des petits éléments chocs, comme à la télévision, des coïncidences, des événements qui gardent le lecteur en haleine. Elle emploie des phrases sont courtes qui accentue le sentiment d'urgence qui transparaît tout au long du récit. Ici le suspense est tenu grâce à la double histoire, celle de Neil et Sharon enfermés et celle du jeune Ronald condamné à la chaise électrique qui ne cesse de clamer son innocence. Les issues de ces histoires sont bien évidemment liées.

Mary Higgins Clark comme la plupart des auteurs des romans de suspens joue avec le lecteur et le garde en haleine jusqu'au dénouement final

L'engagement de l'auteur

À travers le personnage de Ronald Thompson, jeune homme de 19 ans condamné à la chaise électrique qui ne cesse de clamer son innocence puis des débats entre les journalistes, Sharon et Steve, l'auteur dénonce les conséquences des erreurs judiciaires et la peine de mort aux États-Unis. Higgins Clark prend position contre la peine de mort, en effet elle pose le doute au lecteur que serait-il arrivé au jeune Ronald si Arty ne s'était pas manifesté ?

Elle présente au lecteur les arguments des défenseurs de la peine de mort avec Steve, d'ailleurs le lecteur comprend qu'il veuille que le meurtrier de sa femme soit puni. Puis à travers Sharon, elle nous montre les raisons de ceux qui sont contre.

La peine de mort reste une question de société, en effet celle-ci, aux États-Unis est appliquée au niveau fédéral et dans trente-cinq États fédérés sur cinquante. Les États-Unis font partie du cercle restreint des démocraties libérales qui appliquent la peine de mort.

La majorité des condamnés à mort le sont par les États fédérés pour meurtre aggravé. Les condamnés à la peine capitale sont en général détenus sous un régime de haute sécurité dans des quartiers spéciaux des prisons dits « couloirs de la mort ». La peine de mort est un des sujets de controverse entre les États-Unis, où la population est au plus bas aux deux tiers favorables à la peine de mort, et certains pays ou groupes politiques présents dans des États ayant aboli la peine de mort, notamment en Europe occidentale. Les abolitionnistes américains, organisés en associations, militent pour la suppression de la peine de mort aux États-Unis.

Il y a cependant une baisse des exécutions due à ces recours judiciaires qui tôt ou tard seront résolus, depuis 2006 ont eu lieu les premières abolitions législatives de la peine de mort.

Dans la même collection en numérique

Escadrille 80

Inconnu à cette adresse

La controverse de Valladolid

Les Vilains petits canards

Une partie de campagne

Cahier d'un retour au pays natal

Dora Bruder

L'Enfant et la rivière

Moderato Cantabile

Alice au pays des merveilles

Le faucon déniché

Une vie

Chronique des Indiens Guayaki

Je voudrais que quelqu'un m'attende quelque part

La nuit de Valognes

Œdipe

Disparition Programmée

Education européenne

L'auberge rouge

L'Illiade

Le voyage de Monsieur Perrichon

Lucrèce Borgia

Paul et Virginie

Ursule Mirouët

Discours sur les fondements de l'inégalité

L'adversaire

La petite Fadette

La prochaine fois

Le blé en herbe

Le Mystère de la Chambre Jaune

Les Hauts des Hurlevent

Les perses

Mondo et autres histoires

Vingt mille lieues sous les mers

99 francs

Arria Marcella

Chante Luna

Emile, ou de l'éducation

Histoires extraordinaires

L'homme invisible

La bibliothécaire

La cicatrice

La croix des pauvres

La fille du capitaine

Le Crime de l'Orient-Express

Le Faucon malté

Le hussard sur le toit

Le Livre dont vous êtes la victime

Les cinq écus de Bretagne

No pasarán, le jeu

Quand j'avais cinq ans je m'ai tué

Si tu veux être mon amie

Tristan et Iseult

Une bouteille dans la mer de Gaza

Cent ans de solitude

Contes à l'envers

Contes et nouvelles en vers

Dalva

Jean de Florette

L'homme qui voulait être heureux

L'île mystérieuse

La Dame aux camélias

La petite sirène

La planète des singes

La Religieuse

1984 A l'Ouest rien de nouveau

Aliocha

Andromaque

Au bonheur des dames

Bel ami

Bérénice

Caligula

Cannibale

Carmen

Chronique d'une mort annoncée
Contes des frères Grimm
Cyrano de Bergerac
Des souris et des hommes
Deux ans de vacances
Dom Juan
Electre
En attendant Godot
Enfance
Eugénie Grandet
Fahrenheit 451
Fin de partie
Frankenstein
Gargantua
Germinal
Hamlet
Horace
Huis Clos
Jacques le fataliste
Jane Eyre
Knock
L'homme qui rit
La Bête humaine
La Cantatrice Chauve
La chartreuse de Parme
La cousine Bette
La Curée
La Farce de Maitre Pathelin
La ferme des animaux
La guerre de Troie n'aura pas lieu
La leçon
La Machine Infernale
La métamorphose
La mort du roi Tsongor
La nuit des temps
La nuit du renard
La Parure

La peau de chagrin

La Petite Fille de Monsieur Linh

La Photo qui tue

La Plage d'Ostende

La princesse de Clèves

La promesse de l'aube

La Vénus d'Ille

La vie devant soi

L'alchimiste

L'Amant

L'Ami retrouvé

L'appel de la forêt

L'assassin habite au 21

L'assommoir

L'attentat

L'attrape-coeurs

Le Bal

Le Barbier de Séville

Le Bourgeois Gentilhomme

Le Capitaine Fracasse

Le chat noir

Le chien des Baskerville

Le Cid

Le Colonel Chabert

Le Comte de Monte-Cristo

Le dernier jour d'un condamné

Le diable au corps

Le Grand Meaulnes

Le Grand Troupeau

Le Horla

Le jeu de l'amour et du hasard

Le Joueur d'échecs

Le Lion

Le liseur

Le malade imaginaire

Le Mariage de Figaro

Le meilleur des mondes

Le Monde comme il va

Le Parfum

Le Passeur

Le Petit Prince

Le pianiste

Le Prince

Le Roman de la momie

Le Roman de Renart

Le Rouge et le Noir

Le Soleil des Scortas

Le Tartuffe

Le vieux qui lisait des romans d'amour

L'Ecole des Femmes

L'Ecume Des Jours

Les Bonnes

Les Caprices de Marianne

Les cerfs-volants de Kaboul

Les contes de la Bécasse

Les dix petits nègres

Les femmes savantes

Les fourberies de Scapin

Les Justes

Les Lettres Persanes

Les liaisons dangereuses

Les Métamorphoses

Les Mouches

Les Trois mousquetaires

L'étrange cas du Dr Jekyll et de Mr Hyde

L'Ile Au Trésor

L'île des esclaves

L'illusion comique

L'Ingénu

L'Odyssée

L'Ombre du vent

Lorenzaccio

Madame Bovary

Manon Lescaut

Micromégas

Mon ami Frédéric

Mon bel oranger

Nana

Ne tirez pas sur l'oiseau moqueur

Notre-Dame de Paris

Oliver twist

On ne badine pas avec l'amour

Oscar et la dame rose

Pantagruel

Le Misanthrope

Perceval ou le conte du Graal

Phèdre

Ravage

Roméo et Juliette

Ruy Blas

Sa Majesté des Mouches

Si c'est un homme

Stupeur et tremblements

Supplément au voyage de Bougainville

Tanguy

Thérèse Desqueyroux

Thérèse Raquin

Ubu Roi

Un Barrage contre le Pacifique

Un long dimanche de fiançailles

Un secret

Vendredi ou la vie sauvage

Vipère au poing

Voyage au bout de la nuit

Voyage au centre de la terre

Yvain ou le Chevalier au lion

Zadig

À propos de la collection

La série FichesdeLecture.com offre des contenus éducatifs aux étudiants et aux professeurs tels que : des résumés, des analyses littéraires, des questionnaires et des commentaires sur la littérature moderne et classique. Nos documents sont prévus comme des compléments à la lecture des oeuvres originales et aide les étudiants à comprendre la littérature.

Fondé en 2001, notre site FichesdeLectures.com s'est développé très rapidement et propose désormais plus de 2500 documents directement téléchargeables en ligne, devenant ainsi le premier site d'analyses littéraires en ligne de langue française.

FichesdeLecture est partenaire du Ministère de l'Education du Luxembourg depuis 2009.

Plus d'informations sur www.fichesdelecture.com

ISBN: 978-2-511-02869-8

 Notes :